第三類

Close Encounters of The Third Kind

接觸

張 堃

Toikun Chang

目錄

清澈明晰的詩想

簡政珍（詩人、作家、文學評論家，亞洲大學講座教授）

　　張堃《第三類接觸》這本詩集，語言素淨，思緒清楚，讀來非常舒服。整本詩集共分六卷。第六卷還有幾首散文詩。卷三與卷六有些異國風景，跟旅遊有關。整體閱讀後，有一個很明顯的感覺，稍微長一點的詩（大約是 15 行到 35 行之間），詩行經常穿插了對當下景致的看法、反思，看似有點議論痕跡，卻與那些散文化「說明」性的詩作迥異其趣，仍然有回味無窮的空間。這些較長的詩中，〈金閣寺的倒影〉、〈月光變奏曲〉、〈龍山寺的下午〉、〈七里香〉等讀起來非常有韻味，議論的痕跡也比較輕描淡寫。〈金閣寺的倒影〉如此的意象：「松風／吹過廊房，吹過／層層飛簷／把江戶僧人誦唸的幾句經文／一起吹落在水面上／激起朵

朵漣漪／也泛開了池中的倒影」，由於有這樣的意象支撐敘述，最後的結尾頗具禪意：「我不禁自問／為何不留下灰燼／讓時間永遠停止在／靜幽的波光與禪機之間」。〈龍山寺的下午〉最後結尾，詩中人似乎感覺觀世音菩薩錯身而過，讓人驚喜。本詩不刻意講神秘經驗，卻讓讀者更感受到「第三類接觸」的真實。

這本詩集最值得注意的是短詩。文字精鍊，詩興濃縮，很值得回味。如詩集一開始的幾首詩，〈那年的法國梧桐〉、〈靜電〉、〈練習曲〉等等。試以〈西貢街頭〉為例簡單說明：「胡志明／握拳站在廣場中央演講的姿勢／最後站成一座／沉默的銅像／曾經滔滔不絕的口沫／如飛濺的噴泉／一上一下／噴過了／也就算了」。胡志明當下已經變成沉默的銅像。回看過往，他當年慷慨激昂的革命口沫，有如現在的噴泉，有上有下。「也就算了」，一語雙關，過去的血腥，就算了，怎麼計較，現在口沫如噴泉又能有什麼作為，當然也一樣「就算了」。

一個人的旅程

栞川（詩人、作家、編輯人、畫家，退休教師）

　　人遊天地間，從出生到老，從此方到彼方，從歷史到文藝，從記憶到遺忘，一個人的旅程有多長有多廣有多遠呢？而旅程中，總會不斷的與不同時空的自己相逢或擦肩而過。張塰的詩記錄著旅程的所見所思所感，他不刻意營造艱澀的意象，而是以親和的文字讓讀者自然地走入他的詩境中，進而低迴尋味。

　　當入秋的歲月已染霜，總不時要頻頻回顧，那清新可人的春華、波動的夏日海洋——「以童稚的深情／去量度一則／信以為真的傳說……遺忘久矣的往事／在我們相會的陡降坡上／從葉子的縫隙中／被喚回」（酢漿草），在歲月的陡降坡上，我彷彿看到白髮與童顏的相互凝望。那個母親教唱兒歌的遙遠童年，如今騎白馬過

蓮塘的秀才，胸前佩戴著跟他的白髮一樣白的康乃馨，時光啊！總如是匆匆於轉眼間。「掛不住夜空的沉寂／一輪明月／摔落了／被遺忘的舊址／今晚多了一地破碎的月光」（月光變奏曲），遺忘其實是想起，將時光再重溫一遍，而活著不就是站在現在與過去、未來的交會點上，「時光真的不會老去／只是遺忘了／又被記起」（普羅旺斯的某年夏天），誠如「那年徘徊的鞋聲／至今仍埋在新落的落葉中」（那年的法國梧桐）。

既是時間的旅人，也是空間的遊者，張堃旅遊各地身處其間，有其對景物歷史的慨嘆與個人抒懷，只見他在墨西哥的某酒館，喝著加了檸檬片和少許陳年超現實，帶點無以言喻苦澀的龍舌蘭酒；或正好趕上新英格蘭早秋的波斯頓；忽而又見到他在越南喝著調了不少舊社會元素與半調子巴黎風情的一杯咖啡；或是黃昏時來到印度的太陽神廟，登上高聳寺塔眺望那依稀冒著最後落日餘煙的海盡頭；在日本的金閣寺，詩人於水波倒影中看到火海裡的寺廟，旋即已是金碧輝煌的禪寺，忍不

住自問「為何不留下灰燼／讓時間永遠停止在／靜幽的波光與禪機之間」，空間建築無法完全複製，因為缺了時間的吻痕總是不對味。

　　張堃肯定是繪畫的愛好者，從花店角落的鳶尾花，靜靜綻放著看花人的心情，到牆上幾可亂真的複製畫，逼真的複製了畫家的嘆息（或許也是詩人的嘆息吧），「夜太長了／睡夢中的花期又過短／此外，僅僅留下／一堆不安的顏色／在畫裡畫外／掙扎著」（鳶尾花）。而在〈普羅旺斯的某年夏天〉「晃盪在油畫裡的小汽船／正鼓浪返航／遠遠鳴響著／法蘭西老式的懷舊汽笛」，腦海裡便無由浮現莫內的馬賽港口的畫面；「當我走進一畦／開滿紫色陽光的薰衣草花田／才恍然發現／塞尚馬蒂斯都走過的鄉間小路／而今更寂寞了／幽幽響起的老歌，在梵谷常去的酒館，也反覆哼唱那幾句嘆息／好像訴說／那束始終插在花瓶中的向日葵／永不枯萎」。而於〈墨西哥的某個晚上〉詩人白天在美術館看了芙麗達的畫作，一個將病痛所受的折磨轉移於畫布上

的女畫家，其畫充滿隱喻與具象表徵，常讓觀賞者震驚於一個女人所承受的各種痛苦，「那些畫原本不安／當高音最後衝出了音域／也就更加浮躁／一幅幅伸出了翅膀／在樂隊急促的演奏中／緩緩上昇／飛在芙麗達曾經仰望過的夜空」。至於〈舞者〉一詩，總讓我想到出生於俄羅斯最愛畫雨中撐傘女孩的安德烈‧柯恩。當然這首詩也可能是作者在雨中憶想著一段遙遠記憶的獨舞，以現實的場景去轉化出詩的意象，頗有印象派之風。

雨勢最急的時候

一把傘

瞬間撐開

且在水花濺飛的街上

由遠而近

旋轉著一個意念

抽象的

沒有臉部表情的

第三類接觸
Close Encounters of The Third Kind

馬賽克的

舞姿

連續翻轉

像陀螺一樣

不斷轉身之後

舞步就急速模糊了

張開的傘

這時緩緩收起

如謝幕

雨仍然下著

只是舞影伴隨雨聲

由近而遠

漸漸隱去了

一個人的旅程，有時會重複回到某地，「一切和多年前拍攝的一幀風景照片／幾幾乎／沒有改變／只不過相機不同了／我的記憶／也數位化儲存了而已」〈清水

斷崖—花蓮〉；在〈赴約〉一詩中，作者赴的應是昔日之約，「沙灘上一行／剛剛踩出的腳印／被沖刷過／仔細看才想起／那是一張舊照的背景」。一個人的旅程，也總是不斷地和過去的自己相逢，遊走時空，於某個熟悉的點相遇，在〈龍山寺的下午〉「剛剛錯身而過的人／正抬起頭看了看／兒時也仰望過的同一尊／觀世音菩薩／千手千眼的白光一閃／只見他拖著我的背影／踽踽走出寺外」。而〈車站〉一詩，來往匆匆的行影中，迎見不同時空的自己，也送別過去的自己，時間的輪子恆常不斷地向前奔馳，我們不由自主被載著走且沒有太多的時間去思念與思考。有時停靠於某一站也只是因緣際會的巧合，無所謂必然。如今與倦遊的自己坐在候車室裡，下一班是抵達終站，或是另一段旅程的開始，沒有人知道，只知道未來的車子來了，我必須上車，並和眼前及過去的自己道別。

在這裡和自己相逢

也在此地

與另一個自己分別

中間的過程

只是車速的移動

沒有多餘的時間

去彼此思念

今生來世的距離

想到停靠某地

好像是必然

卻多半出於偶然

而今佇立月台

如倦遊回來的旅人

亦似一名送行者

不知道究竟抵達終點了

還是再次啟程

只知道一起等候

列車進站

最後又要揮手告別

　　乍看這本詩集取名為《第三類接觸》，總不免聯想
到外太空及外星人，繼而令我想起了那個遊歷各星球間
的《小王子》，想起在歲月的陡降坡上相會的作者與童
年，小王子即是純潔如鏡的童年化身吧！如果每個人都
是一顆小行星，一個人的旅程追尋的無非就是最真誠、
最能觸動自己情感，且超越了世俗具象之上的心靈故
鄉，而詩便是那些星星的語言，只有我們自己可以賦予
星星與眾不同的意義。單是透過雙眼，是看不見事情的
真相，必須透過心靈去看……「水聲不知從何處響起／
豎琴般響過不久／就與風聲重疊／一起奏鳴著／遙不可
及的幻境／而流星滑過／夜空的微弱顫音／聽起來／好
似輕誦如呻吟一樣的詩句」〈第三類接觸〉。

　　在一個人的旅程中，張堃展開羽翼遨遊天地間，縱

橫今昔史地，其最終所追求為何，他在〈鳥的天空〉一詩中如此寫著：

> 在高樓之上
> 在山岳之上
> 在雲霧之上，甚至
> 在飛翔之上
> 我一直想飛出看不見的遠方
> 飛出自己
> 在一切之上

我想只有人生閱歷豐富，因而達到某種智慧與心境的人，才能如此從容寫詩，也才能如此雲淡風輕地寫下耐人咀嚼的詩句。

第三類接觸
Close Encounters of The Third Kind

【推薦序三】

或者，詩

　　詩已是詩人與陌生讀者相認的密語，什麼樣的詩集，勾引什麼樣的人去尋閱。但在人人都可能自認是詩人，到處都可以貼出發表的網路世代，時刻都有產出作品的字海，一天若能看到一兩首、三四篇好文章，已是海釣鵠候的收穫。

　　步入中年，以前的衝勁降速了，每個明天都是今天或昨天，而非緊張的行程、追趕未來。那麼詩人在歲月的歷練，感悟人生的後半段，資深詩人張堃交出一本內斂而飽含文字光華的詩集。行數四五行到十幾行的小詩占了一半以上，意象轉介銳利如匕首，在閱讀行進之間，感受張堃以全知點的俯瞰、旁觀者的側記方式，來切入當下因為內思所連結的外表。

他成為一個或者，抽離創作者的論述立場，此集常見這種置身於外的眼神，從外景帶入情緒，進而引領讀者深入詩裡情境。我有一種走進電影攝影棚，看見化著粧的人與道具，在一個場景如何布局、走位、發聲、打光看戲的興味。當然張堃就是導演。

　　彈奏一室的寂靜
　　幾朵昏睡的燭光紛紛醒來
　　在火焰中閃爍著
　　惺忪的音符

　　〈練習曲〉以晃動的燭光，投射出夜晚室內，那個並未出現於詩中的人。而那人靜靜看著蠟燭，也許寂寞的臉龐在燭光中明明滅滅。安靜的景物環境，情緒的流動才是張堃要吟唱的曲調。

第三類接觸
Close Encounters of The Third Kind

我說的話

你未必全都明白

有些發音

咬字不清，有些

變了調，更有些

從開始就錯了

但我從不含糊的意思

你一定聽得懂

　　〈鄉音〉裡的一語雙關，暗喻幾代人的飄泊與環境差異。鄉音無改而異鄉已成他鄉，在非鄉之地說著家鄉話。難得在路上遇到老鄉，卻發現兩人從故鄉出發，此時雙雙來路與去路皆以紛歧。語言的腔調可以遺傳，說話跟聆聽的兩人，在相遇後的驚喜後，可能會遇到聽了卻不解其意、觀點對立的尷尬。

　　舉例兩首短詩，作為打開閱讀張埕新詩集的引子。其他雋永的作品〈圖書館一角〉、〈杯子〉、〈酢漿

草〉、〈三水街〉、〈清水斷崖〉、〈雨中〉、〈車
站〉……都讓人讀之回味無窮。

　　綜觀張塱的詩作，揉合口語敘事跟意象指涉之間的
筆調，詩意可解、不用刁字、亦不堆砌形容詞，加上這
種站在現場之外的或者姿態，可在事件的周遭、上空採
取各種視角來圍觀，使得他的詩雅俗可賞，詩味綿長。
我的序不宜太長，趕快，收起你對這篇文字的好奇心，
翻下去讀詩吧。

【卷一】

酢漿草

四行小詩與短詩的交匯

・那年的法國梧桐

早忘了風雨中的失約

卻記起梧桐樹下的等候

那年徘徊的鞋聲

至今仍埋在新落的落葉中

・靜電

眼光交會的一剎那

被誤解的暗示

通過幻想的電波

把我電了一下

• 急診室

旋律變慢了

原來輕快的節奏

也跟著跑不動的輪椅

一路慢成無聲電影那樣的慢動作

• 練習曲

彈奏一室的寂靜

幾朵昏睡的燭光紛紛醒來

在火焰中閃爍著

惺忪的音符

——2015 年 1 月 28 日《中華日報》「中華副刊」

——2015 年 6 月《海星詩刊》夏季號第 16 期

行道樹

反正站累了
也不能躺下
只好繼續站下去
睏的時候
把睡姿挺拔起來
連作夢也垂直立著
直直的，且
高高的。

——2015 年 2 月 6 日《聯合報》「聯合副刊」
——2016 年 1 月 12 日《世界日報》「世界副刊」

第三類接觸
Close Encounters of The Third Kind

鄉音

我說的話
你未必全都明白
有些發音
咬字不清，有些
變了調，更有些
從開始就錯了
但我從不含糊的意思
你一定聽得懂

——2015 年 2 月 19 日《聯合報》「聯合副刊」

卡夫卡日記

一條蹲伏已久的變形蟲

從泛黃殘破的日記裡

濕濕黏黏地

蠕爬而出

經過了

整個世紀的孤獨冬眠

終於蛻去

一襲不合身的舊衣

——2015 年 3 月《野薑花詩集》季刊第 12 期

第三類接觸
Close Encounters of The Third Kind

看雲

正因為沒有一片雲

重覆自己

我才來

仰望不變的天空

——2015 年 3 月《野薑花詩集》季刊第 12 期

腳印

走過留下的一點聲音

在空了的路徑

響著聽也聽不清

又漸漸消失的虛弱呼喊

——2015 年 3 月《野薑花詩集》季刊第 12 期

第三類接觸
Close Encounters of The Third Kind

圖書館一角

深怕一頁頁的翻書聲

驚動書中人物

索性鑽進故事裡

去聽作者娓娓傾吐的心事

——2015 年 6 月《野薑花詩集》季刊第 14 期

星期天

去教堂
天國果真近了
離找到烏托邦
只差一步

——2015 年 6 月《野薑花詩集》季刊第 14 期

第三類接觸
Close Encounters of The Third Kind

杯子

咖啡　倒入苦澀的漩渦
茶　倒入層層浮起的心事
酒　倒入虛無

還有一些　倒入
遺忘

——2015 年 12 月《創世紀詩雜誌》冬季號第 185 期

花窗玻璃

凝視一面透光的高牆
顏色就從幾何圖案中紛紛崩落
不久萬花筒般地
映出了滿眼變形的世界

——2016 年 3 月《野薑花詩集》季刊第 16 期

第三類接觸
Close Encounters of The Third Kind

抒懷四行小詩一輯六首

(一)

· 夜搭渡輪

碼頭的燈火
不肯暗去
告別的手勢始終揮動在
霓虹的閃爍中

(二)

· 流水

一再重覆的幾句話
提了又提，說了又說
聽的人不明白

說者依舊嗚咽不停

(三)

• 室內樂

來不及帶走
大提琴最後一縷尾音
演奏結束後
我還在海頓的協奏曲 C 大調裡

(四)

• 默片

月亮走進臥房
一盞燈走向暗夜

我們緊緊擁抱又鬆開

回到無聲的場景

㈤

• 寄生植物

根鬚不欲寄人籬下，掙扎分開
附庸的球莖，奮力脫離

一路練習光合作用活下去
渴望有一天做自己的主人

㈥

• 一堆灰燼

篝火燒了一晚上
火光不曾預言
暗夜何時將熄滅

黎明卻早在灰燼中升起

——2017 年 6 月《創世紀詩雜誌》季刊夏季號第 191 期

第三類接觸
Close Encounters of The Third Kind

花卉四行小詩一輯八首

・美人蕉

深信自己的美麗
暗藏在萎落的過程中

又在漸漸乾枯的皺紋裡
迎風展示復古的韻味

・木槿

朝開暮落
僅僅是證明曾經短暫過
凋謝就一定為了
更絢麗的盛開？

• 石斛蘭

只是安靜燦爛著
只是抒情方式無端被誤解

只是根本不屑理睬
那些驚艷的假面

——2017 年 11 月 25 日《中華日報》「中華副刊」

• 扶桑

每一片落霞，每一朵月暈
全是潛意識的暗語

插在髮間，別在胸襟
不可多問只許猜

・加州罌粟

滿山遍野不安的花蕊
從早春一直吵到夏天結束

原以為憤怒綻放只是矯情表演
豈知花菱草竟然無聲抗議到萎落方休

・玉蘭花

間或有人讚賞掩不住的幽香
她說白色與純潔毫不相關

間或有人嫌庸俗了些
她想爭辯又突然選擇了沉默

・梔子

爭吵改變不了顏色

只能把色澤吵得忽明忽暗

由白逐漸轉黃的花瓣
如老婦嘴角笑而不答的隱晦

• 流蘇

無意散落繽紛的冷寂
只是還未過完四月天
繁花落盡的寧靜
便提早覆蓋了整個夏日

——2017 年 12 月《野薑花詩集》季刊第 23 期

第三類接觸
Close Encounters of The Third Kind

酢漿草

以童稚的深情

去量度一則

信以為真的傳說

加上每聽一回

便想快快長大的童話故事

幸運草，還有

整個童年

就匆匆結束了

遺忘久矣的往事

在我們相會的陡降坡上

從葉子的縫隙中

被喚回

（一群孩子從我身旁
嬉笑歡呼而過）

我轉身走入
一簇簇小花淡紫色的回憶
嘴裡隱約又泛起了
只有小孩才了解的滋味
我閉上眼睛
專心地溫習一遍
酸溜溜的兒時感覺，以及
不朽的夢境

——2015 年 2 月 24 日《自由時報》「自由副刊」

第三類接觸
Close Encounters of The Third Kind

月光變奏曲

掛不住夜空的沉寂

一輪明月

摔落了

被遺忘的舊址

今晚多了一地破碎的月光

風不動

蟲鳥無聲

呼吸也靜止

只有透明的時間

悄悄流過無障礙的空間

流過一如廢墟的夢境

拼湊不成的月色

斜靠在荒涼的墓塚旁

沉睡著

而未完成的夢

就藉著一點光線

埋葬在

自己的黑暗裡

——2015 年 3 月 11 日《中華日報》「中華副刊」

——2015 年 2 月 30 日印尼《千島日報》「千島詩頁」（轉載）

——2015 年 5 月《秋水詩刊》第 163 期（轉載）

——2016 年 2 月《休斯敦詩苑》第 3 期（轉載）

第三類接觸
Close Encounters of The Third Kind

【卷二】

舞者

龍山寺的下午

順著一縷飄過的香煙

信步走向

不加思索便認出的角落

寺鐘敲過一陣

戛然止住

停在同樣的下午，停在

時間與時間重疊的秘境上

鐘聲卻繚繞在飛簷與廊柱之間

把我擁擠而混亂的回憶

團團圍住

久久不願散去

在微顫的尾音中

依稀聽到一聲聲兒童的呼喊

從出神的幻覺深處幽幽傳來

第三類接觸
Close Encounters of The Third Kind

這時才驚覺

剛剛錯身而過的人

正抬起頭看了看

兒時也仰望過的同一尊

觀世音菩薩

千手千眼的白光一閃

只見他拖著我的背影

踽踽走出寺外

隱沒於

廣州街吵雜的市聲之中

——2015 年 4 月 13 日《人間福報》「福報副刊」
——2015 年 6 月《創世紀詩雜誌》夏季號第 183 期

空了的戲台

看戲的人

早散了

暗去的燈光

謝幕後

從不再亮起

演過多少次

哭過

又笑過多少回

只有卸了妝的素顏，以及

換下戲服的演出

最入戲

如緩步下台的身段

帶著一抹

被故事情節渲染的淒涼

第三類接觸
Close Encounters of The Third Kind

至今還飄忽在

隱約的掌聲與後台之間

——2015 年 5 月 12 月《聯合報》「聯合副刊」

——2015 年 6 月 28 日《世界日報》「世界副刊」

街角

邊走邊想

一段想不起來的故事

內容無關平凡

或者精彩

只是劇情早已脫離了

回憶的軌跡

以致於容顏模糊不清

對白也如默劇

正打算放棄

拼湊不成的情節

眼前忽然浮現

塵封久遠的場景

在徹底忘記前

第三類接觸
Close Encounters of The Third Kind

頻頻回頭

一切竟真的不見了

騎樓

便利商店

公車站，還有

匆匆折返

又急促走過的

人影

瞬間消失。

——2015 年 6 月《野薑花詩集》季刊第 13 期

——2015 年 9 月 4 日《世界日報》「世界副刊」

——2017 年 3 月 2 日《今天網站》（Today）「今日詩選」

（轉載）

舞者

雨勢最急的時候

一把傘

瞬間撐開

且在水花濺飛的街上

由遠而近

旋轉著一個意念

抽象的

沒有臉部表情的

馬賽克的

舞姿

連續翻轉

像陀螺一樣

不斷轉身之後

舞步就急速模糊了

張開的傘

這時緩緩收起

如謝幕

雨仍然下著

只是舞影伴隨雨聲

由近而遠

漸漸隱去了

——2015 年 6 月 30 日《中國時報》「人間副刊」

三水街

徘徊的身影

從微微歪傾的巷口走出

便到了下午與傍晚的交界

迎著一抹帶有酒精含量的斜陽

那婦人靠在街邊的站姿

有如一座電話亭

郵筒，或者空了的

酒瓶

更年期般地

沮喪著

——2015 年 6 月《野薑花詩集》季刊第 13 期

——2015 年 8 月 4 日《世界日報》「世界副刊」

——2015 年 9 月《創世紀詩雜誌》秋季號第 184 期

第三類接觸
Close Encounters of The Third Kind

——2015 年 10 月《新大陸詩雙月刊》第 150 期

——2017 年 2 月 10 日入選《野薑花五周年詩選》

鳶尾花

幾束落寞的花莖

斜插在花店的角落

近乎紫色的藍

靜靜綻放著看花人的心情

有意無意地反映了

頹廢的

羞赧的

和一些些憔悴的

昨夜

徬徨中

望著

牆上一幅

幾可亂真的複製畫

遠看近看

最像的莫過於

複製了

畫家的

嘆息

唉——

夜太長了

睡夢中的花期又過短

此外，僅僅留下

一堆不安的顏色

在畫裡畫外

掙扎著

——2015 年 7 月 20 日《自由時報》「自由副刊」

清水斷崖
—— 花蓮

我又來了
又站立矮石牆前
遠眺時間怎樣
停頓在
寂靜無聲的遺忘中

此外，我來憑弔
視線盡頭的灰濛海平線，追懷
以海天一色為背景的回憶

除了海風稍鹹
濤聲近了些

一切和多年前拍攝的一幀風景照片

幾幾乎

沒有改變

只不過相機不同了

我的記憶

也數位化儲存了而已

——2015 年 9 月 14 日《聯合報》「聯合副刊」

——2015 年 12 月 17 日《世界日報》「世界副刊」

——2016 年 2 月入選《2015 臺灣詩選》（二魚文化版）

街頭藝人

一個小孩停下腳步

他裝扮的鬼臉

讓我羞愧

滑稽的表情

純真的演出

把我早就唱不上去的假音

在完全走了調的伴奏中

突然間啞了

而從人潮裡

拋物線扔來的嘲笑

閃了又閃，避了又避

最終還是躲不掉

——2015 年 9 月《創世紀詩雜誌》秋季號第 184 期

——2015 年 10 月《新大陸詩雙月刊》第 150 期

第三類接觸
Close Encounters of The Third Kind

雨中

那支忘了帶走的雨傘
一直躺到
另一個下雨天
無意間路過
才想起

為淋雨而收傘的回憶
依然斜靠在牆角

孤零零地

濕著。

——2015 年 11 月 18 日《聯合報》「聯合副刊」

那年冬天

一段往事忘了許久
在想不起來的海岸線上
消失了

我卻依稀想起
那年冬天
沿著濱海公路
觀看激起的一波波浪花
至今還懸在海平面
也想起了
曾經和久立海角的燈塔
比孤獨

此外，就是——

第三類接觸
Close Encounters of The Third Kind

那不一樣的

寂寞，不一樣的

冷。

——2015 年 12 月《野薑花詩集》季刊第 15 期

立霧溪

Snai Snai Saku Wu Lusa

歌聲遠遠傳來

急湍的溪流

嗚咽而去

我已不再理會

低沉沙啞的魔咒

不住在我耳際響起

也不怕

閃亮鋒利的獵刀

森森然抵住我的脊背

僅只一句：

Snai Snai Saku Wu Lusa

第三類接觸
Close Encounters of The Third Kind

就把我留下

成為守候者

我將注定

在歌聲中等候

直到

從溪流對岸傳來

拉長了音的激昂高音

把我降服

——2015 年 12 月《創世紀詩雜誌》季刊冬季號第 185 期

——2017 年 11 月 14 日《中國時報》「人間副刊」

鳥的天空

在高樓之上
在山岳之上
在雲霧之上，甚至
在飛翔之上
我一直想飛出看不見的遠方
飛出自己
在一切之上

‧候鳥

遠遊回來
只為信守一個久遠的許諾
而雲彩從未洩露的祕密
始終隱藏在
氤氳朦朧的水霧裡

第三類接觸
Close Encounters of The Third Kind

• 留鳥

不想飄落到遠方
不想流浪到陌生的異鄉
只願在宿命的天空
盤旋低飛
飛在自己影子的弧線裡

• 迷鳥

我的世界
充滿了異國色彩
吉普賽的，波西米亞的
還有一些抹上濃妝的憂傷
以及飄泊的眼神

——2016 年 2 月 8 日《聯合報》「聯合副刊」
——2016 年 6 月 3 日《世界日報》「世界副刊」

赴約

夕陽不爽約

只是遲遲未完全落下

我信守約定來了

走進海邊的晚霞裡

除了潮汐湧來又退去

堤岸無人

連海鳥的影子也沒有

陣陣海風吹過

晚雲飄過

沙灘上一行

剛剛踩出的腳印

被沖刷過

仔細看才想起

第三類接觸

Close Encounters of The Third Kind

那是一張舊照的背景

此時，一隻晚歸的海鷗

低空飛過

我轉身沒入黃昏的海岸線

踽踽走過

灰濛單調的

一座廢棄了的防波堤

　　　　——2016 年 5 月 3 日《中國時報》「人間副刊」

吉普賽人

水晶球

測出的運勢

在循環的命運裡

從未失算過

流浪復流浪

如一首接一首浪跡天涯的歌

認命傳唱了下去

而手中的吉他

已不再為自己伴奏

即興的旋律

彈起來

像喪禮過後

散去的腳步聲

第三類接觸
Close Encounters of The Third Kind

啊，就要飄零了。

只為了血液中
遺傳了蒲公英的基因
以及浮萍的
漂泊宿命

一起程
疲倦的步履
就要跟著
漸漸飄零了。

——2016 年 6 月《創世紀詩雜誌》夏季號第 187 期
——2016 年 7 月 10 日《自由時報》「自由副刊」

秋收

雲來回犁過天空

風也救護車般

呼嘯穿過

收割後的田地

我才剛剛走進空蕩蕩的景色

竟立刻迷了路

一時無從測知

自己的方位

不多久風又馳騁了回來

我大聲高喊了幾句

一陣沙塵遂捲起

耕耘機轟隆的引擎聲

旋又揚長而去

秋收後

第三類接觸
Close Encounters of The Third Kind

田野就這樣回到

什麼都不曾發生的寂靜裡

我則久久仰望

也被收割一空的

天

空

——2016 年 6 月《創世紀詩雜誌》夏季號第 187 期

小站旅次

廢棄許久的車站

漸漸荒蕪成

一座墓塚

鐵軌另一端

傳來似近又遠的聲音

飄過枕木和鵝卵石

從來聽不清

如沙啞的偈語

又似輕輕嘆息

更像一句低吟的輓歌

而那些再也聽不到的

轟隆滾動的車輪聲，以及

蒸氣火車的

汽笛長鳴

第三類接觸
Close Encounters of The Third Kind

全都埋葬在墳塋裡

——2016 年 6 月 26 日《聯合報》「聯合副刊」

——2016 年 6 月 29 日印尼《千島日報》副刊「千島詩頁」

（轉載）

ISIS 正在寫歷史
亞述帝國的覆亡

公元前

輝煌的帝國

生滅興衰多少回

到公元後

留下的故事

就待捕風捉影的說書人

一頁頁輕輕翻過

帝國消失了

魂魄卻不願散去

猶存於大理石浮雕上

寄身在守護神獸的雙翼之間

依附膜拜過的神祇石刻裡

第三類接觸

Close Encounters of The Third Kind

早就失去法力的神像

傳說一般

竟成為廢墟廊柱上的裝飾

成為舊城石牆上的壁畫

還有一座座

永不腐朽的雕塑

全都認命地擠進

博物館

那是最終的歸宿

靈魂安息之地

日落京城尼尼微

夕照染紅了神廟

只有這一次

太陽真的不再

從幼發拉底河上升起

兩河流域的天空

烏雲密佈
美索不達米亞平原
一片哀戚
歷史中不見了的帝國
在聖經裡暗泣

幾千年過後
哪裡知道
躲過了
無數戰火
卻怎麼也逃不掉
伊斯蘭國聖戰士
用鐵槌和電鋸寫下的歷史
轟然巨響
千年古老文物

第三類接觸
Close Encounters of The Third Kind

就在一瞬間摧毀了

石雕被推倒

一顆顆頭像滾落砸碎

這一刻

千古靈魂的氣數已盡

帝國於焉死亡

史書又輕輕翻了過去

翻到一頁

可蘭經未曾記載的經文

預言了埋葬 ISIS 自己的魔法

以及一座墓碑

鏤刻著野蠻與愚蠢

以楔形文字

以符咒

——2015 年 5 月《文訊雜誌》第 355 期

——2015 年 6 月《新大陸詩雙月刊》第 148 期

【卷三】

普羅旺斯的某年夏天

普羅旺斯的某年夏天

地中海的風

帶著七月熱浪的色彩

還有遙遠記憶一直保濕的招喚

吹過馬賽港灣

晃盪在油畫裡的小汽船

正鼓浪返航

遠遠鳴響著

法蘭西老式的懷舊汽笛

那年夏天的薄荷茶和葡萄酒

能辨別時光流逝的溫差

就一定品嚐得出復古的濃度

夏天過後

街邊的咖啡座

不知什麼時候空了

當我走近一畦

開滿紫色陽光的薰衣草花田

才恍然發現

塞尚馬蒂斯都走過的鄉間小路

而今更寂寞了

幽幽響起的老歌

在梵谷常去的酒館

也反覆哼唱那幾句嘆息

好像訴說

那束始終插在花瓶中的向日葵

永不枯萎

時光真的不會老去

只是遺忘了

又被記起

回望風景

繽紛舞動的顏色

全都從每一幅畫裡

以微濕的朦朧色澤

輕輕塗抹我的視線

我來過

蔚藍海岸

或者

會不會再來

都無需誰來見證

——2015 年 11 月 16 日《中國時報》「人間副刊」

第三類接觸
Close Encounters of The Third Kind

第三類接觸

水聲不知從何處響起

豎琴般響過不久

就與風聲重疊

一起奏鳴著

遙不可及的幻境

而流星滑過

夜空的微弱顫音

聽起來

好似輕誦如呻吟一樣的詩句

我不經意反覆哼唱

早已忘詞的老歌

直到所有的聲音

漸漸遠去

隱入寧靜裡

終至一片黑暗覆沒

我還以為世界就此結束了

然而，音樂又響起

在黑暗的深處

或背面

悠悠地旋轉出

從未聽過的

鋼琴立體的獨奏

從未見過的

單人舞表演

以及

讓人呼吸瞬間凝固的舞姿

──2015 年 12 月 27 日《自由時報》「自由副刊」

第三類接觸
Close Encounters of The Third Kind

九月，在波士頓

問題不在

九月是否已經入秋

在於

問號跟著

不一樣的秋意

而我來

正好趕上

新英格蘭的早秋

悄然渲染著

波士頓公園的每個角落

隨馬車聲答答駛過

三一大教堂

又穿越科普利廣場

轉彎走出了紐伯里大街

才忽而想起

既然來了

就萬勿錯失

不一樣的秋色

怎樣擁抱

輝煌的夕陽

緩緩地，並且

直直地

滑向

一個旅人凝視的遠方

垂落

濱臨大西洋的港灣

——2015 年 6 月《野薑花詩集》季刊第 14 期

——2015 年 12 月 14 日《中華日報》「中華副刊」

——2015 年 12 月 30 日印尼《千島日報》「千島詩頁」（轉載）

第三類接觸

Close Encounters of The Third Kind

墨西哥的某個晚上

順著跌跌撞撞的節拍

走進女歌手沙啞的高音裡

酒和音樂同時醉了

整座舞台竟飄浮了起來

滑向下午剛去過的美術館

那些畫原本不安

當高音最後衝出了音域

也就更加浮躁

一幅幅伸出了翅膀

在樂隊急促的演奏中

緩緩上昇

飛在芙麗達曾經仰望過的夜空

無數幻影

氣球般糾結在一起

像酒館新調的龍舌蘭酒

加添了一小片的檸檬

和少許陳年的超現實

以及那一點點

不知怎樣形容的苦澀

——2016 年 6 月 27 日《人間福報》「福報副刊」

——2016 年 6 月《野薑花詩集》季刊第 17 期

第三類接觸
Close Encounters of The Third Kind

越南咖啡

革命早已結束

咖啡依舊飄著

解放前散不去的回憶

那些矮小個子的婦人

全都穿上飄逸的薄紗長衫

緩步走在大街上

迎風招展

老式的脂粉香味

吵雜的市聲中

我正喝著一杯

調了不少舊社會元素

又加添了半調子巴黎風情的

過時的

異國情調

——2016 年 3 月《創世紀詩雜誌》春季號第 186 期

第三類接觸
Close Encounters of The Third Kind

西貢街頭

胡志明

握拳站在廣場中央演講的姿勢

最後站成一座

沉默的銅像

曾經滔滔不絕的口沫

如飛濺的噴泉

一上一下

噴過了

也就算了

——2016 年 3 月《創世紀詩雜誌》春季號第 186 期

——2017 年 3 月 2 日《今天網站》（Today）「今日詩選」

（轉載）

【卷四】

七里香

七里香
——懷念一個人

路經一處久別的舊地
停下腳步回想
她邊走邊說的心事
繁花開得正盛的樹牆
突然間
跟著模糊了

花香怎麼能令人憂傷？
我不想答
而白色的香氣
真的會使人掉淚？
我已不再問

我只想在幻覺中

陪她走一段回家的路

或者在故事轉角

和她重逢

——2015 年 5 月 27 日《中國時報》「人間副刊」

——2016 年 3 月《野薑花詩集》季刊第 16 期

演出的你

——懷辛鬱（1933-2015）

現在想起

你一再說的話

意思再明白不過了

一生中

就是把人生的戲演好而已

不管照著劇本，或者

即興表演

全都要認真投入

酒令可免，喝酒不能少

茶道不必拘泥，品茶要隨興

詩寫得好不好

看他會不會烹飪就知道 ？

環顧朋友滿天下

第三類接觸
Close Encounters of The Third Kind

算來算去也就是老友這幾個

人生嘛，何必計較

只要說學逗唱，樣樣來一點

壓軸小曲

不唱到全場喝彩

那能干休

戲嘛，這樣演著就好

演好了戰士

再把詩人演好

與病魔拼搏的角色

看樣子非死命表演不可

要問留下的幾卷詩集怎麼辦？

你說交給歷史就好

最後，在你的詩〈演出的我〉朗讀聲中

我終於相信

離去也是一場莊嚴的演出

——2015 年 5 月 20 日《中華日報》「中華副刊」

——2015 年 6 月《文訊雜誌》第 356 期

——2016 年選入《中華民國筆會季刊》夏季號〈當代台灣文學英譯〉（John J. S. Balcom 陶忘機譯）

第三類接觸
Close Encounters of The Third Kind

R. I. P. 小燈泡

童謠只唱過幾首
媽媽教的兒歌
也還沒有完全學會
不懂的世界
只知道好漂亮

從來不懂
什麼樣的卡通最驚悚
什麼樣的動畫片最恐怖
也不懂
3-D 電影
怎樣把情節立體成
只有一幕一景的惡夢

等不到黑夜

來放光明

一盞小燈泡忽地破碎

就熄滅了

哼哼唱唱的歌謠

於是戛然而止

依舊想不通

怎麼童話才開始

故事就匆匆結束了

但是啊

世界還是好漂亮

小燈泡滅了

一顆孤星卻在暗夜的天際

及時以同一的亮光

繼續閃爍著

——2016 年 6 月《文訊雜誌》第 368 期

第三類接觸
Close Encounters of The Third Kind

拳王阿里之死

──Muhammad Ali-Haj（1942-2016）

一生中曾經聽過

無數的讚美

全都不如一句

我的偉大

只有上帝知道

一生中聽過多少笑話

只有一則黑色幽默

聽後笑不出來

最後一記重拳尚未擊出

巴金森症

就使世界突然變得很小

小到像輪椅一般

我也變小了

如一具布偶

低頭不語

曾經是一塊石柱

一面城垣，一輛

重型坦克車

曾經是一座

發電廠

這些全是陳年舊戲碼了

而今數算一生中

最認真的演出

莫非是這僅有的一幕一景

嚴肅的離去？

——2016 年 9 月《創世紀詩雜誌》秋季號第 188 期

第三類接觸

Close Encounters of The Third Kind

金閣寺倒影

松風

吹過廊房，吹過

層層飛簷

把江戶僧人誦唸的幾句經文

一起吹落在水面上

激起朵朵漣漪

也泛開了池中的倒影

我緩步走近

想來探尋大火焚燒的舊址

卻恍然見到熊熊火海裡的寺院

在水波盪漾中

旋即巧妙重疊

映出一座金碧輝煌的禪寺

我不禁自問

為何不留下灰燼

讓時間永遠停止在

靜幽的波光與禪機之間

——2016 年 10 月 18 日《聯合報》「聯合副刊」

——2017 年 3 月 2 日《今天網站》（Today）「今日詩選」

（轉載）

第三類接觸
Close Encounters of The Third Kind

滿月與潮汐

(一)

在不安的夜空下

徘徊不前

並且不住仰望一輪滿月

閃過的昏黃光芒

把始終漣漪不寧的心神

攪得更亂

卻令我懂得

月球的圓周率

和女人的夢不盡相同

不能一樣以數學

以物理去計算

女人的心事

深鎖在圓鏡裡

只可猜測

但永無謎底

如同月亮不能再圓

再圓，盪漾的心事

就會洩漏出

不好明說的祕密了

(二)

月球引力

強拉著一波比一波高的浪濤

衝向海灘

瀕臨崩潰的神經

愈拉愈緊

漲潮時分

潮汐就以焦慮之姿湧動著

月光也異常詭奇

驚慌灑落海上

且一再折射曖昧的波光

我不大明白

潮水暴漲的暗示

只知道再漲一點

那些少婦就更羞澀

更拘謹

看上去猶豫的身影

則飄忽在盈耳的潮聲中

最後被月球引力

吸引到一處

遙遠的荒幽海邊

去擁抱

一朵洶湧上岸的浪花

擁抱

整個暗夜

——2016 年 12 月 4 日《自由時報》「自由副刊」

——2017 年 3 月 2 日《今天網站》（Today）「今日詩選」

（轉載）

第三類接觸

Close Encounters of The Third Kind

非浪漫的暗戀

初晗

正值嚴寒的下雪天

北風呼呼吹過

我們靠得很近

聽見你混濁的呼吸聲裡

依稀合著

懷舊老歌的音調

我也聽清

微弱的顫音

原來把氣喘伴成了節奏

你難道真想

在皺紋與稀疏的灰髮之間

伸出一雙枯乾的變形手指

來指揮

年華逝去的旋律

再次相逢

我們靠得很近

窗外雪停了

你低垂灰濛的眼睛

開始凝視冰原無盡的茫然

你沉默了

如剛下過的雪

靜靜回想

走過的一生

經過的風風雨雨

回想失焦的歷歷往事

我們靠得很近

在你的幻想中

邀你以及你的輪椅共舞

第三類接觸
Close Encounters of The Third Kind

乾癟的嘴唇

仍然抿著一絲

陳舊的嫵媚笑意

而緊緊裹住脖子的圍巾

幽幽散發一股

像花露水百花油又似鄉愁的餘味

我們靠得很近

我感覺到

你三十年代老邁的溫柔

以及

阿茲海默說不清的孤寂

——2017 年 2 月 1 日《聯合報》「聯合副刊」

——2017 年 2 月 5 日《文心社》網站（轉載）

——2017 年 4 月 17 日《世界日報》「世界副刊」

【卷五】

車站

水燈

滾滾向前的河水
從未停止流動
也從未回頭
去看倒退的風景
此時，流水由急趨緩
又由喧鬧漸漸安靜

望了望
遠遠漂流而來的幽冥燈火
怎樣靜默無聲浮游河面
又怎樣迎著濕冷的河風
滑向連河也不知道的下游秘境
此時，每一個受苦的靈魂
都累了

第三類接觸
Close Encounters of The Third Kind

紅塵回憶不再被記起

載不走的流水聲

連同水濱的野薑花香

還有一些揮別的手勢

也全都留在岸邊

現在，已經卸下罣礙

了無牽掛了

要有，只剩一盞

滄茫人世間

移動的最後幻影而已

此刻，正緩緩沒入

空無的彼岸

——2019 年 7 月 30 日《聯合報》「聯合副刊」

車站

在這裡和自己相逢
也在此地
與另一個自己分別
中間的過程
只是車速的移動
沒有多餘的時間
去彼此思念
今生來世的距離

想到停靠某地
好像是必然
卻多半出於偶然
而今佇立月台
如倦遊回來的旅人

第三類接觸
Close Encounters of The Third Kind

亦似一名送行者

不知道究竟抵達終點了
還是再次啟程
只知道一起等候
列車進站
最後又要揮手告別

——2017 年 7 月 5 日《聯合報》「聯合副刊」
——2017 年 9 月 5 日《世界日報》「世界副刊」

青銅器時期小記

冷冷的金屬

如安靜的睡夢

千年未醒

夏朝商朝還是周朝

已無考據

銘文雕鐫的那些遙遠記憶

豈止一堆篆刻

可以喚回？

還有歷史風化後

留下的銅綠

怎能映出

訴說不清的塵封祕密？

我想考古

想知道

斑駁的紋飾

如何穿透真相

且隱隱讓一座鐘

一件鼎，或是

一把劍

從出土的一刻

從時間深淺不一的銅鏽中

悠悠醒來

——2017 年 8 月 28 日《自由時報》「自由副刊」

——2018 年 4 月 14 日《僑報》（紐約北美華文作家協會會刊第

33 期）轉載

梧桐步道回音

刻意徘徊流連

曾經走過的徒步區

天際一抹霞光

還隱隱亮著

新月忽然就圓了

風吹過繁茂的梧桐樹梢

也急速涼了起來

我已然步入了

那年的深秋

走著，走著

早就不見了的足跡

又一左一右浮在落葉上

重疊著我踩出的鞋印

第三類接觸
Close Encounters of The Third Kind

剛才恍惚間

聽見的一聲瘖啞蟬鳴

以為是誰的輕喚

在耳邊微顫

走著，走著

晚雲慢慢散去

又漸漸聚攏

聚在邊走邊想心事的仰望中

再往前走幾步

模糊不清的低語

透過盈耳風聲

向我重提幾乎被遺忘的往事

而回憶

其實分辨不出

究竟是別人故事的情節

還是自己的幻覺

——2017 年 11 月 25 日《中華日報》「中華副刊」

——2017 年 12 月《創世紀詩雜誌》季刊冬季號第 193 期

第三類接觸
Close Encounters of The Third Kind

菜市場聽海頓

人聲嘈雜

又擁擠

高揚的叫賣聲

夾著伴唱機傳出的流行歌曲

遠近相互呼應

而一句沙啞的歌仔戲

不知從哪個角度

以拋物線落在稍遠的魚販

旋又彈回菜攤子

再跳到賣肉老板油膩的瞌睡中

幾個婦人緊接著

有一搭沒一搭地跟唱起來

突然擴音器一陣疑似惡作劇的巨響

轟然掩蓋了吵鬧的市集

而來往人群仍照樣大聲喧嘩

這時，無論聽或不聽

調頻音樂電台正透過擴音喇叭

高分貝播送

G 大調第九十二號交響曲

現在已經進行到第二樂章了

照樣無人驚訝

也無人在意

吆喝聲

更是照樣規律地

烘托著那幾首台語懷舊老歌

直到海頓的旋律

微弱得再也聽不清了

—— 2018 年 1 月 2 日《自由時報》「自由副刊」

—— 入選 2018 年《臺灣詩選》(二魚文化)

第三類接觸
Close Encounters of The Third Kind

只是走開
——寄洛夫（1928-2018）

你不告而別的消息

轟然傳來

此起彼落的哀嘆聲

旋即跟著沸騰了起來

還以為

是你一貫的超現實手法

未料你卻以更驚人的方式

用一個出奇不意的句點

表示黑色幽默的再見

辭別衡陽多年

在湖南大雪中

回去和你的童年相遇過

左營別後

也再來舊地重訪港灣的夕暮

西貢街頭的舊貌

亦曾重疊你那年的身影

故國河山

處處留下你吟嘯的長短句

你離去

又不忘再回來

從不爽約

就連問起台北到溫哥華的路途

你總說比唐詩裡的長安遠些

又比夢裡的石室近多了

總說去去就回

從不誤期

可是，這次你才走開

怎麼夕陽就冷了下來

黃昏也很快入了夜

第三類接觸
Close Encounters of The Third Kind

醫院病床空了

輪椅孤單了

家裡牆上的時鐘停了

客廳那張沙發

現在只鋪著你微溫的影子

一直寂寞著

你詩中一再出現過的所有鐘聲

驟然也啞了

你在哪裡？

我們相信你並未遠離

只是走開

你在哪裡？

也許此刻正與李賀共飲

也許和李白杜甫共話「唐詩解構」

也許剛要攤開紙筆

揮毫再寫「漂木」的續章

我們也必然相信

你留下的詩

果真不朽了，你便

永恆了

而若問何以得知？

這絕非是一句

「因為風的緣故」即可概覆

因為一切早已在

死亡之外

——2018 年 5 月 1 日《中國時報》「人間副刊」

——2018 年 5 月 4 日《文心社》（網路轉載）

第三類接觸

Close Encounters of The Third Kind

兵馬俑六則

(一)

姿勢

千年不變

還有一個

茫然的表情

也不變

出土後

即稱之為

永恒

(二)

鄉音

至今未改

準備以咸陽官話

打招呼

用秦腔

唱一曲小調

只是一開口

已忘言

(三)

時間

徹底睡去

歷史卻突然瞬息醒來

望著陌生的世界

只覺得睡眼惺忪

(四)

一排排等候校閱的士兵

已經全神屏息了很久

端站在黑暗的坑道

以為是黎明前的長夜

哪裡曉得這一晚

竟悠悠過了二千年

而部隊

迄今仍末解散

㈤

一輪秦時月

在千軍萬馬的嘶吼聲中

高懸關中盆地的夜空

不肯躲入雲層裡

去錯過歷史的見證

卻把渭河和涇河

映照得

萬分明亮

(六)

歷史記憶的真相

千百年來出奇寂靜

無聲無息隱藏於地下

如今奧秘曝光

卻又非一部秦朝斷代史

評說得清楚

臨潼遺址無言

早已絕響的秦箏

除了一絲殘留的顫音

也沉默不語

——2019 年 2 月 22 日《聯合報》「聯合副刊」

幾度黑色幽默
——懷秀陶（1934-2020）

曾經一度以為

你完成了白色的衝刺

從台北遠走西貢

就落籍越南

哪裡知道

你曾流連忘返的卡甸那街

還有夾雜了法式情調的混血記憶

一起被越戰摧毀

曾經一度以為

你已在戰火中

喪命異域

豈知

又在新大陸見到你的蹤影

曾經一度以為

你是時間之書的詮釋者

後來才發現

你自稱里爾克的唯一傳人

曾經一度以為

你兜售墓地

總給自己留點空間

未料

你在虛擬的天國中

早就預留了一片身後的去處

曾經一度以為

你是一個宿命論者

消極也好或者積極

你嘲諷的詼諧詞句

確實讓人笑出了眼淚

無奈

笑著笑著，我們都茫然了

第三類接觸
Close Encounters of The Third Kind

曾經一度以為

你失蹤了

迷失在詩與音樂還有情欲之間

豈知

你最終倦遊歸來了

以巴哈無伴奏小提琴組曲的旋律

悄然現身於洛杉磯的街頭

曾經一度以為

你酒量比酒品好

沒有想到

除了說說冷笑話

醉了多半沉默

而且很快打起呼嚕來

聽與不聽

鼾聲中總有一點超現實的成分

我乾脆下個結論

這些都是你的美學形式

然而，想都想不到
你選擇愚人節這天
不告而別
難道捉弄自己也是表現手法
表現幾度黑色幽默？
可是僅只一度
你的離去竟已永恆

——2020 年 6 月《創世紀詩雜誌》夏季號第 203 期
——2020 年 6 月《新大陸詩雙月刊》第 178 期

第三類接觸
Close Encounters of The Third Kind

【卷六】

巴比倫

巴黎聖母院

火光中，一聲淒厲的嘶喊震得玫瑰花窗玻璃碎裂一地；
法蘭西的心也跟著碎了。火光中，曾經支撐天堂的尖塔
瞬間消失，曾經背負歷史見證的屋頂轟然不見。火光
中，彷彿卡西莫多還側身鐘樓一角，只是鐘聲啞了，巴
黎人呆住了，世界說不出一句話

讀過小說看過電影還有舞台劇，情節依稀歷歷在目，怎
麼現在多出一幕焚燒通紅的火災場景？火光中，塞納河
靜靜泛映教堂垂死的搖晃倒影，所有的人都噙著淚，默
禱嘆息，雨果也哭了，是誰把結局改編成如此荒誕的浩
劫？而不朽的風景，竟在淚光與火光的交融中坍塌

（2019.4.16 巴黎聖母院發生火災翌日作於 Tracy, CA）

——2019 年 6 月《新大陸詩雙月刊》第 172 期

鋼鐵的輓歌

謹以此詩悼念一座超級大鋼鐵廠的與世長辭。

Bethlehem Steel Company (1857–2003), Bethlehem,
Pennsylvania, U.S.A.

喪禮早已結束

除了莊嚴的送葬進行曲

在音樂會上反覆奏響

告別的儀式再也無人記得

不清楚傳奇故事怎樣訴說

精彩傳說如何演繹

只感覺一座虛擬的墓塚

轟然如鏡頭焦距拉近

把整個視線塞得爆滿

彷彿耳邊又響起了

當年在演奏會

聽過的哀樂

曾經咆哮過
曾經怒吼過
曾經輝煌過
曾經不可一世過
而今有人前來攬勝
但見覆蓋厚厚一層鐵鏽的高塔灰影
僵臥在地無聲無息
幾朵不鏽鋼的浮雲
始終懸掛在廢棄廠房的天空
不再飄動
也有人偶來憑弔
根本不見墳塋
也看不到墓碑
但見一抹殘陽斜照在死寂的
被遺忘的世界

第三類接觸
Close Encounters of The Third Kind

此時映出的幾道折射光

在天色暗盡之前

全都投射到

鋼鐵最後安息的廢墟

投射到

每一撮時間的餘燼

以及點點滴滴

不成形的記憶殘屑

——2018 年 3 月 6 日《聯合報》「聯合副刊」

阿富汗

喀布爾從來沒有醜婦

女人的美貌

都隱藏在密不通風的想像裡

喀布爾從來沒有老嫗

女人的年齡

在謊報的猜疑中讓人不安

喀布爾，喀布爾

我要掀開你黑色的頭巾

看看帕米爾高原

如何險峻

看看不靠海的多山內陸

怎樣綿延

還未來得及掀起面紗

久久不肯散去的硝煙

如密佈的烏雲

從藍色清真寺的上空

緩緩流亡飄來

你正好別過臉偷偷唸著

可蘭經的一段經節

傾耳細聽

原來是沙啞如輕嘆般的中亞民歌

不小心唱走了音也唱走了調

此刻，我只想一窺你神祕美麗的眼睛

不料卻看見你的眼神

充滿了黃昏

而且天色漸漸暗了

——2019 年 9 月 26 日《聯合報》「聯合副刊」

印度行四帖

• 太陽神廟
　　——Konark Sun Temple, Bhubaneswar,
　　　Odisha, India

　　「如果你為錯過太陽而哭泣，你也將再錯過群星
　　了。」

　　　　　　　　　　　　　　　——泰戈爾（1861-1941）

究竟睡了才入夜
還是醒來便天亮了
石牆上斑駁的鐫刻沒有記載
剝落的壁畫，以及
零星錯置的雕塑
和青苔一樣

也都沉默不語

我來時

已近黃昏

拉著太陽神 Surya 的馬車早已毀棄

空餘巨輪岑寂在側

登上高聳的寺塔

遠遠眺望

海的盡頭依稀還冒著最後落日的餘煙

從那時開始

太陽就不再升起

只在荒廢的正殿後方

留下一抹燒焦了的陰影

——2019 年 9 月 26 日《聯合報》「聯合副刊」

• 新德里街頭

人出奇擁擠

車出奇混亂

所有的喇叭和可以發出的聲音

全在一起鳴笛交響

聲量自當超出分貝

除了險象環生的鏡頭

再沒有觸目驚心的景色

這裡永遠不會有脫序的一刻

只有瀕臨崩潰的瞬間

巍峨雄壯的印度門

遠遠站立一旁

看了又看，聽了又聽

百年沉默不語

從來無言以對

而我正打算放棄這段行程

就像要甩掉手中糾纏不清

完全打了死結的一團毛線球

• 印度舞

那黝黑女子

不僅用水蛇般蠕動扭曲的身軀

展示了挑逗的肢體語言

亦用孔雀般華麗開屏綻放的魔力

設下圈套誘捕觀眾

接著又以比旋風還快的疾轉舞步

讓觀舞的人頭暈目眩

舞蹈的意思

大概就是要如仙如幻

就是要舞者已然忘掉自己

台下的掌聲喝采

呼應著台上忽前忽後

又變幻莫測的舞姿

我其實並不了解這齣舞劇的主題

只是那女子投來的眼神

還有手語的暗示

剎那間

我全懂了

· 加爾各答

來到這裡

我就疲倦了

不但累了

而且幾乎癱瘓

即使謁訪泰戈爾故居

也讓我靈感頓時枯竭

何況來訪不遇

又感受不到他格言般的詩句

把我拉向飛鳥集的遼闊天空

再者，與德蕾莎修女

在垂死之家錯身而過的幻覺

更一直跟著不放

我遂被謎語一樣的傳說

蠱惑了

走過繁華的薩德街

加爾各答天使的身影

緊隨著我誤入大街小巷的迷魂陣

打轉中我迷了路

最後把市井聽來的一則一則詭異故事

真的孕育成今夜的一場惡夢

（2019 年 10 月 2 日～10 月 9 日・印度之旅）

——2019 年 12 月《創世紀詩雜誌》冬季號第 201 期

——2019 年 12 月《新大陸詩雙月刊》第 175 期

白色五月

順著母親教唱的兒歌

回望遙遠的童年

怎麼哼著哼著

就哽咽了

眼前映入的景象

正是醫院長廊的一堵白牆

以及病房外一池綻放的白荷

還有騎白馬過蓮塘的秀才郎

記不清

色彩繽紛的季節

究竟什麼時候褪色成

一片陳年往事才有的色澤

也只有黑白電影可以回應

第三類接觸
Close Encounters of The Third Kind

一場不堪溯流到原點的舊夢

記不清
顏色到底是在調色盤裡
調了又調的幽暗心境
還是後來改了又改
忽而變了色的轉念

每年時序來到孟夏
總會想起那些年存留的
一幕幕回憶，想起
母親一遍遍教唱的童謠
也會從冥想的老舊留聲機裡
幽幽飄出
和我合聲低吟
只是佈景全是白色系列
遠處山巔一直忘了融化的積雪

屋內的素雅擺設

被幾柱白臘燭點燃的光芒

照映得更加寧靜蕭穆

每個場景好像都停在故事的結尾

現在我從結局倒退了回去

退到一個傍晚

和她站在公寓陽台

一起看最後的夕陽

退到即便花季已過

也陪伴她在細雨中

去看尚未落盡的殘花

退到牽著她枯槁的手

在晚風中蹣跚散步

最後的幾步路慢慢也走完了

只是來不及說的幾句話

始終說不出口

第三類接觸
Close Encounters of The Third Kind

而今，說不出口的話

就化做白色的思念

如她走時穿的一身潔白素衣

供台上滿佈的白菊

迎風招展的白色招魂幡

另外也像那匹白馬

老則老矣，依舊白光四射

至於秀才郎更老了

他佩戴的白色康乃馨

和他全白的頭髮

一樣白

這時，所有的聯想都繫於

一根白色的虛線

連結人世間的

白色五月

——2020 年 9 月 20 日《自由時報》「自由副刊」

貝魯特黃昏的蘑菇雲

——2020 年 8 月 4 日下午 6 時，貝魯特港大爆炸事故

傍晚時分，轟然幾聲驚爆，從電視機的螢光幕，炸開了一片地中海的天空。夾雜著灰暗恐懼色系，旋即凝聚了血褐色的一朵蕈狀雲，如猙獰巨獸般，盤踞在港灣的上空

隨著縷縷硝煙，隨著此起彼落的慘叫聲，隨著來回奔馳救護車的嘶啞呼嘯，隨著鏡頭掃過嶄新的廢墟，才醒覺這決非電影場景，也決非嘉年華會的煙火，更決非紀念原爆的紀錄片。難道是殘忍沒有人性的惡作劇？否則，恐怖襲擊，怎麼無人出面承當，難道是假新聞？不然，怎麼新聞報告，一再重覆的禍首硝酸銨，不見聖經記載，可蘭經也未明列？

無論真相大白，還是假相已經模糊難辨，傍晚浮懸在貝魯特天邊的蘑菇雲，終是黎巴嫩難忘的驚悚夢魘。現在，貝魯特東城的基督徒，和西區的穆斯林，都在一起追思禱告，不管死者去了哪一個天堂，在濃煙雲層之上，他們全都永生，回不來了

　　——2020 年 9 月《創世紀詩雜誌》秋季號第 204 期
　　——2020 年 10 月《新大陸詩雙月刊》第 180 期

巴比倫

有一個地方去了幾回

距離不知怎樣測量

兩地橫跨何止千山萬水

時間也只能大略推算

上下縱貫數以千年計

而我來此一遊

卻在反覆夜讀歷史的一瞬間抵達

只是怎麼想都想不起

來過空中花園

怎麼沒有在巨幅泥牆的浮雕上

留下一點回憶的線索？

有一個地方去過多次

那裡流行占卜，神話，謎語和悲愴的唱腔

我學會了鐫刻在高牆上的楔形文字

耽迷於遠古秘密的探究

來此一遊

不需跋山涉水，不必千里迢迢

只在查讀聖經翻閱舊約時

一轉眼間就到了

重疊的風景

橫過美索不達米亞平原

一路如畫卷舒展

把兩河流域

彩繪成奇幻神祕的靈異世界

當我走近一座神廟

從內殿飄出古老的史詩吟唱

將我震懾住了

我竟然聽懂由七弦琴伴奏的歌曲音節

並在音韻中還原了早已消失的語言

穿越時空而來

我已經來到舊約耶利米書的遺址

走在吵雜熙攘的市街

駐足傾聽吟遊詩人的泣訴

和遠古神祕的呼喚

忽然驚悟

我原來要去的地方叫做伊甸園

其實，我是緊緊跟隨一首歌曲的旋律

凌空而降來此一遊的

尾隨歌聲經過高大城門停下

城垛上傳來號角的齊鳴聲

響了一陣又一陣之後

這首曲風輕快節奏奔放的歌曲

接著歡樂演奏了起來

歌詞卻是訴說猶太人被俘

淪落異鄉為奴隸的悲歌

第三類接觸
Close Encounters of The Third Kind

聽著，聽著

我落淚醒來

醒在一個沒有地標的廢墟上

而近在眼前的幼發拉底河

仍然不停地嗚咽滾動

稍遠的底格里斯河

依舊靜靜地流淌著

◎詩句中提及的一首歌曲：River of Babylon–Boney M.（1978）。

——2020 年 12 月《創世紀詩雜誌》冬季號第 205 期

——2021 年 3 月 4 日《世界日報》「世界副刊」

伊洛瓦底江為誰哭泣
——哀緬甸

真正的牢獄是恐懼

而真正的自由是

免於恐懼的自由

　　　　　　——翁山蘇姬（Aung San Suu Kyi, 1945 - ）

如果說

一條真正的河流

總要為他流淌的流域

唱出自己的歌

打從發源地之始

我就已經以漢藏語系的聲調

嘶喊著青藏高原高分貝的抒情了

河流為何無止竭向前奔騰

因為無怨無悔

河流為何唱個不停，永不停頓

因為生於斯，長於斯

世世代代屬於這塊土地

所以我淺唱緬人淒美的歌曲

輕哼孟族哀怨的調子

如果說

一條真正的河流

總要為他流經的疆土

頌讚出波瀾壯闊的史詩

從密支那往南

我的歌聲時而澎湃高昂

時而潺潺淙淙

又從亙古響過蒲甘王朝

響過貢榜王朝

一直翻越英屬殖民時期

以迄獨立

我從未停止為祖國歌唱

流經瓦城不遠的峽谷

我還高唱早已不流行的國際歌

字字血淚交織，句句熱血沸騰

聲聲響徹雲霄

唱著，唱著

大江大河奔流了半壁江山

老式革命歌曲才改換成

新潮重金屬進行曲

一路河浪洶湧

我的歌聲豈止恢弘

如果說

一條真正的河流

總要為他流過的時代

第三類接觸
Close Encounters of The Third Kind

見證一個歷史的真相

一定要唱出自己的歌

而當這條綿延千里的大河

在驚濤駭浪中

奔流到 2021 年二月一日上午時分

我用生命唱的曲調頓時嘶啞了

以靈魂吟誦的樂音忽而凝固了

如果說

一條河不再唱歌

還是真正的河嗎？

或者，在河流急湍流向仰光

注入孟加拉灣之前

唱一首哀悼緬甸的輓歌

寺鐘齊鳴

僧人的誦經木魚聲

聲聲飄浮在街頭
伴著坦克，伴著
持槍的軍人
隔著拒馬鐵絲網
和人民對峙
輓歌竟時斷時續
及至最後再也唱不下去了
只能代以哀哭飲泣

如果沒有如果
啊，伊洛瓦底江
為誰哭泣？

——2021 年 3 月 14 日《自由時報》「自由副刊」

第三類接觸
Close Encounters of The Third Kind

算作詩的閒談

張堃

其實，以詩集編排陣容來看，這本小書大可不必在書尾附上誇誇其言的後記。大體上皆已齊備，多說幾句恐有狗續貂尾之嫌。由於前兩年在中國大陸與出版社簽訂了書本出版合同，卻不知原故地稽延耽擱迄今，為避免有胎死腹中的考量，最後打定主意回台準備出書之際，又踫上百年不遇的新型冠狀病毒，非但肆虐蔓延，疫情又反覆詭異，好像此疫綿綿無止期，看不到光明曙色；出書推遲自是理所當然的事。我一向處事執著，極少偏離謀劃去順應時勢而改變初衷；此次出書算是一種妥協，我把某些看似不得了的事情淡化，包括詩集《第三類接觸》的印行，試著朝「隨順因緣」的心境運轉。年逾七旬，不見得就能從容、看破和放下，但是一定要懂得學習。這個年齡還急忙出書，倒不是驚覺時日無

多，而是明知小眾化的讀物讀者日稀，書市清淡，更從未寄以暢銷的奢望；只是深感冷門歸冷門，面對一生有如信仰般的文學追求，仍舊不敢掉以輕心，必須嚴肅以待。

順應客觀因素的要求，採行書本製作尺寸 14×17 公分的版本，也突破了中文排列的心理成分，我的書籍首次以橫排面世。這樣的安排，無涉對錯，可能僅僅是習慣的變換或者實驗，而我樂見不一樣的呈現，猶如舞台劇裡轉換的佈景。很多時候靜下來，我常想到自己寫詩多年，究竟探索到了什麼有價值的奧祕？經過這段疫情的蟄伏思考，始加深了解到通過文字，詩已然澄清了自我的視線和思考，詩也是重建心靈秩序最佳的潛修工具，所有的奧祕與妙趣都在創作過程中隱隱幽幽伴隨了作者，有些體悟僅可意會，不便言傳，有些確實是說不清楚的。就如我多年前說過的「多少事盡藏詩句裡」，再開挖深掘下去，不免令人聯想到手術台。這也使我想到英國詩人塞繆爾‧柯勒律治（Samuel Tyler

Coleridge, 1772~1834）說過：「對於多數人，經驗像是一艘船上的尾燈，只照亮船駛過的航道。」

　　過去將近一年半的疫情期間，困居宅中，對於一個生性喜愛旅行的人，毋寧是一種禁足（軟禁）的懲罰。有的朋友善意建議，趁此機會多聽音樂多閱讀多寫詩。遺憾的是構思不少，下筆成詩者幾無完篇。我不由得想到年逾古稀，是否應了年老體衰創作力跟著下滑不濟的魔咒？我不信這樣的說法。雖然常有索盡枯腸無從落筆的困境，但決不承認江郎才盡的事實；因為我不是南朝的江淹。同時我把滯產現象歸咎於 COVID-19。作為詩人，作品是其立身之本。儘管有人鬥嘴抬槓，說農夫不寫詩也是大自然的詩人，我寫不出詩的時候就更不敢自詡為詩人了。至於詩名，想都不用想，詩仙李白有詩云：「且樂生前一杯酒，何須身後千載名。」真是何等瀟灑自如，值得效法。

　　對我而言，這本詩集的創作路程，無論是文字的或是實際生活表現上，都展現了個人穿越地理、橫跨時

空、經歷初老之後歲月洗禮的一趟人生旅行。美國作家亨利・米勒（Henry Miller, 1891~1980）曾說：「一個人的目的地向來不是一個地方，而是一種看待事物的新方式。」信然，人生就好比一場未知的旅行，不在乎目的地，最重要的是沿途的風景以及看景色的心境，讓心靈也去旅行。是的，我秉持一貫的作風，收入集子中的六卷近九十首詩全是上部詩集《風景線上》出版後（2016）以迄 2021 年發表的作品，讀者不難發現我依然忠實記錄了人生旅行的軌跡，記載了生活的樣貌，如同最初的承諾，也在生命追求與探索之後，留下走過的誠實印記。

書名《第三類接觸》係採用集子中的一首詩題。純粹只是借與外星人直接接觸，近距離看清 UFO，來凸顯想像空間的廣告效果。又與史蒂芬・史匹柏導演 1977 年拍攝的電影同名，事實上，都沒有什麼連結關係。

這本詩集就要付梓了，在此鄭重向慨然賜序的詩人

簡政珍教授、女詩人栞川和女詩人顏艾琳致上最誠摯的謝意。他們從不同視角鋪陳的序言，無論短長，皆以「眾口鑠金」的方式力薦，令我難忘。同時也不忘向斑馬線文庫許赫社長與施榮華總編輯致敬道謝，沒有他們對詩與藝術的熱力、執著和氣魄，這本小書絕對無法以如此秀麗典雅的樣貌問世。

另外，一定有讀者會好奇質問，既然已有序文大力推介，為何還要請來多位詩壇名家燃放煙火擂鼓助威？其實非也，我只是覺得小眾化的詩文圈子，找來一些文學格調相若、趣味相投的同好（尤其是年輕世代）齊聚一堂，企冀把冷清的詩集出版，稍稍加溫。有道是「獨樂樂，不如眾樂樂」，何樂不為？千萬莫以為聚眾取暖才好。不管如何，我要向每一位為詩集惠撰推介文的詩人朋友致謝，你們的隆情厚誼可感。突然想到偶爾也跟古人相會，記得我曾發表過一首詩〈在預感中相遇〉，為狄瑾蓀（Emily Dickinson, 1830~1886）而作。她的某些短詩令人著迷。譬如她在時年四十多歲寫的詩句，

字裡行間的神祕、冷靜和充滿玄思的情感，照樣打動看似精神矍鑠卻年華垂暮的自己。

> 「假若不曾見過太陽，
>
> 我也許會包容黑暗。
>
> 而今，陽光已把我內心的曠野，
>
> 照耀得更加荒涼。」

《第三類接觸》是我的第五本詩集，距離上部詩集《風景線上》的出版已匆匆過了五年矣。

出書之後，我將沿例重新整裝，踏上新的旅途，開啟另一個征程。無論舊雨或新知，我深信我們必當有緣再相見，也許再會於網路世界的天涯海角，也許重逢於另一冊新書裡。親愛的讀者，還是一句心裡話，謝謝你讀我的詩；我們後會可期。

詩集《第三類接觸》名家評介

● 排名不分先後

　　詩人張堃中年移民美國多年，在海外生活，仍不忘情詩的創作，先後在台北出版多部詩集，極為引人矚目。

　　張堃寫詩，毫無費詞敗句，不達標決不罷休；審視他的作品如舊作〈黃昏登倫敦塔〉、〈時間〉、〈紐約地下鐵〉、〈青花瓷〉以及多篇入選詩選的作品，即可明證。過去老詩人方思曾有〈時間之書〉名詩，而張堃的詩〈時間〉也相對有滄浪絕塵的美感。在新集《第三類接觸》推出之際，我願重提當年對他作品所作的評論：「感情率真，音節活潑，表現手法細緻，在不經意間，使一束束意象的光環，燦然閃出。」

　　　　　　　　——張默・臺北（詩人、作家、編輯人、書畫家）

　　　　　　　＊ ＊ ＊

　　張堃真是潛力無窮的詩人，他從十七八歲就喜歡上
詩，也從那時起步寫詩，從此和詩談著戀愛，樂在其
中。

　　張堃擁有一座豐富的詩礦，他日採夜採成為一個生
活的哲人，你讀他的〈那年的法國梧桐〉僅四行，但出
手多麼不凡，有新詩人的鮮亮，也有老詩人的滄桑；再
如〈急診室〉也是四行，卻道盡人生意外的瞬間變奏。

　　張堃永不老，他的詩作告訴我們，他將成為詩國的
巨人。

　　　　──隱地·臺北（詩人、小說家、散文家、文學編輯人，

　　　　　　　　　　　　　　　　　　爾雅出版社發行人）

　　　　　　　＊ ＊ ＊

　　張堃經常各地旅行，遊覽八方，見聞廣闊。

　　他將一路所見所聞轉化為詩，他的詩不光是景的描

述，他更將詩人對事、對物的敏銳視覺和奇特的感想融入詩中，賦以詩更圓滿的內涵，提高詩的可讀性。

收在集中的詩內容廣泛多樣，雖短短數行，但文辭精煉，構想豐富值得一讀再讀。

——辛牧・臺北（詩人、作家，創世紀詩雜誌
季刊總編輯）

＊　＊　＊

張堃曾如此自剖他的詩觀：「讀詩，讀詩的本身，作品說明了一切。怎樣感動自己的，就怎樣感動讀者」。誠哉，詩集《第三類接觸》亦此本色。在〈行道樹〉寫：「把睡姿挺挺起來／連做夢也垂直立著」。〈那年冬天〉自白：「曾經和久立海角收燈塔／比孤獨」。張堃的詩就這般活現出來行走、站立、回首、再前行。不斷詮釋人間所觸，穩妥具顯自己濃烈入世的感情。語言簡約、文句均衡，佈局邃邈；張堃駐足的一切，都能將頓悟繫緊生之行旅中。這樣的功力，實為我

所羨慕。

　　讀張堃作品特有一份「靜」的情境，宜以一杯茶或酒來伴同細品；無論讀和感，都存有安謐與澄澈，濃淡得宜，穩妥定位於時間空間及特殊情貌。對這位現代吟遊詩人認真於詩作的敬重與佩服，我是毫不掩飾的。

—— 汪啟疆・高雄（詩人、作家，大海洋詩刊主編，

創世紀詩雜誌社發行人）

＊　＊　＊

　　短詩靠靈光一閃，「小而美」一擊中的，讓人驚歎之餘便可無視所有缺陷。——但靈光沒閃好，就什麼都完了。而寫許多許多短詩呢？則非靠功力不可。詩人碧落黃泉尋覓題材，累積素材，將一閃或無數「半閃」「微閃」的靈感添補、刪併、深思……，不靠功力，就可能一詩而絕。不少詩獎要求「須短詩若干首」，理由在此。

　　張堃此集價值也在此。繼〈調色盤〉〈影子的重

量〉〈風景線上〉之後，我彷彿看見年逾七十的他，將自己散入天地，散入人間，散入時間空間，然後俯身化作大千，逐滴成蜜，成就了這本詩集。「生命野力」與「詩藝」兼美的綻放，老一輩的名詩人中，我只在洛夫的詩中見過。

——沈志方・臺中（詩人、散文家、書法家，大學退休講師）

＊＊＊

　　從龍山寺到清水斷崖、由金閣寺到巴黎聖母院、自波士頓到新德里，張堃的行蹤始終飄忽不定，他的腳印、思維和想像踏滿地球的背脊和胸膛。他的影子與孤寂一直傾聽著四季山水都會霓虹古物建築景致光影不斷轉換時發出的微弱心跳和斷續呼吸，那是他與詩秘密「第三類接觸」的方式。在同齡者早已息影無聲、隱入寧靜，彷如被黑暗覆沒，只有他獨自悠悠地鳴出立體的獨奏，旋轉著讓人呼吸瞬間凝固的詩的舞姿，這本詩集即他近五、六年自如揮灑的結晶。

——白靈・臺北（詩人、作家、詩評論家，臺北科技大學副教授）

＊　＊　＊

　　張堃的詩，愈至後期，愈趨質樸，不耍花槍，直中鵠心。有時帶有淡然的哲思禪意，彷彿「侘寂」（わび・さび）美學，簡單、低調。張堃的人生閱歷豐富，但詩不走繁複，反而追求純淨，純淨之中寓藏深意深情。「侘寂」認為，未竟是一種美，無常才是日常，這種態度如枯山水讓簡單低調升華為醇厚雋永、靈與肉相契。他的詩，如畫留白、如香餘味，不尚奇巧、不逐風潮、不故作驚人，卻蘊涵清泉般潺潺不絕的創意。

——李進文・臺北（詩人、作家、文學評論人，
前臺灣商務印書館總編輯）

＊　＊　＊

　　一位已經將文字推向「量子態」的詩人，他內在於文學中的微觀世界，必然有著異常於「外在現實」的敘

事系統。它不會是說明性的、分析性的語言，不會是電器產品說明書，但會是「死亡使用手冊」，讓我們往「存有」的意義推進，指出「那意義」或者對現有的維度存疑。

「量子態」的詩人，同時也會具有「多維書寫」的美學樣態，不再侷限於平舖直述的二維書寫。一如「克萊因瓶」，張堃詩中的意象可在內外之間遊走，薛丁格的貓更是由詩人的主觀投影來決定，而這種投影，在詩集裡則演繹為各種感官的交綜複合，一如「那年徘徊的鞋聲／至今仍埋在新落的落葉中」，在那些疊加的新落裡，有一種聲響猶在，它指向那年的法國梧桐，進入了另一個領域，從現實中的向量變成內在於文學中的「內在現實」，所以也就能「彈奏一室的寂靜／幾朵昏睡的燭光紛紛醒來」，或者對著花玻璃「凝視一面透光的高牆／顏色就從幾何圖案中紛紛崩落」。

一位成熟的詩人，作品的完成度也趨近於無風帶，它不能愉悅大眾，但更接近意志。一種純粹的書寫，除

了「詩性」的傳達，張埄不會再給更多了。於是每一首詩都恰如其分，不會多一個字去修飾什麼，也沒有少一個字的遺憾。

——嚴忠政・臺中（詩人、作家、文學評論人、大學教師，創世紀詩雜誌季刊主編）

＊ ＊ ＊

詩人張埄的語言淡淺質地純美，擅長以簡潔的文字營造出詩韻綿長，具短瞬即景的點睛意象，在日常的微片段炭筆素描屬於非日常性的情感與哲思。

有時是龍山寺下午的某個恍惚時刻，時間被鐘聲瞬間凝結，像商周出土的冷冽金屬，時間分分秒秒在詩裡重新被考古；有時則是一座由記憶剪輯的默片車站，在車站和過去的自己相逢，也與另一個自己別離。在人生的車站，究竟是聚合的送別抑或是相會？而回憶弔詭，可能是別人故事的岔外情節，也可能是自我虛設的幻覺。

生活的頃刻在詩人的文字裡，既魔幻又平實地被永久保藏。像一把驟雨中撐開的傘，以馬賽克的絢爛舞姿旋轉著抽象的意念。讀張堃的詩，經常如月光盤據所有墨色系的屋簷，閃爍著螢冷卻溫熱的火光。

——姚時晴．彰化（詩人、作家、教師，
創世紀詩雜誌季刊執行主編）

＊　＊　＊

　　張堃是溫和友善的，詩也是，在《第三類接觸》的詩集中，裝載著靜電和法國梧桐樹，有時帶你走入一個幻象，遇見卡夫卡，有時帶領你在詩中看雲，所有的流光異彩，盡是一種心靈的溝通。

——葉莎．桃園（詩人、作家、攝影家，乾坤詩刊主編）

＊　＊　＊

　　整體而言，詩人張堃的視角非常異國風情，只要地理位置移動，思路也隨之微調，彷彿星軌，通過時間的

累積，以詩的流速曝光，在宇宙中迸出閃耀的火花，燃燒詩魂，留下耐人尋味的亮度。

在主題內容上，跨度頗大，舉凡旅行、回憶、時事、悼念、世界觀……皆游刃有餘。詩人以豐厚的生命經驗燃起篝火，邀請讀者圍坐，一杯熱茶暖手暖心，默契的氣流迴旋，完成一場詩意的壯遊。

—— 坦雅・麻州波士頓（詩人、作家、生活藝術家）

＊　＊　＊

讀張堃的詩總有所得，例如讀到他的一首詩「印度舞」，不知不覺反複閱讀了好幾遍，感受是多層次的。

「我其實並不了解這齣舞劇的主題／只是那女子投來的眼神／還有手語的暗示／剎那間／我全懂了」這樣的句子令我驚喜，竟然與我讀詩的感受那麼契合。於是我渴飲他詩心釀出的酒，聆聽著他詩情譜出的曲，久久地耽迷在張堃詩所展現的語境裡。

—— 王渝・紐約（詩人、散文家、作家、編輯人）

* * *

　　詩人張塦是我敬重的前輩詩人，在詩的創作上，不斷創新，屢有突破，他的詩極具巧思，卻無辭藻堆砌之華麗，而其優雅流暢的語言風格，深入人心，總讓讀者共感同情。他的作品富有音樂性，伴隨著鮮活明快的畫面感；彷彿和多年好友相約在陽光暖麗，繁花盛開的午後花園，聽著巴哈，玩味生活。

　　詩人在取材上，亦是溫柔寬厚，他寫生活所思所感，不落俗套。縱然是對於生活／生命的感嘆，也能聽見詠嘆調般宛轉細緻。寫景致也是這樣，讀者由景入情，感受詩人引領讀者回到美好的舊昔時空；或停佇賞玩，或凝神注視，或愜意漫遊。詩人張塦始終呈現給讀者如此溫暖亮眼的詩作。

　　　　　　　　── 林思彤・臺中（詩人、作家、編輯人，

　　　　　　　　　　　　　喜菡文學網散文版召集人）

＊ ＊ ＊

張堃的詩，一如他豐富的人生閱歷，關懷面向廣泛，從來不自我設限，而且必是有感而發。讀者因此總能從他穿梭時空的詩作中，體察到個人與世界牽繫的脈動；更能從他真摯誠懇的文字中，感受到心弦的共振，與發人深思的迴音。

—— 莫云・臺北（詩人、作家，曾任海星詩刊主編）

＊ ＊ ＊

詩，是要織出一件成品，而不是一塊塊布而已。張堃老師的詩清新簡明，不矯揉造作，不雕琢華麗，不故弄玄虛，行文結構起承轉合有度，每首都是成品，是我喜歡的類型。新詩集《第三類接觸》借助象徵與暗示，彷彿欲透過心靈感應與讀者（外星人）交談。詩中的喜悅、悵惘……，淡淡的筆觸，在遊山玩水間勾勒出心靈深處的浮光片羽，終曲往往有「守得雲開見月明」

的禪悟。

　　──傅詩予・多倫多（詩人、作家、詩評論家）

＊　＊　＊

　　人生行旅，詩人張堃在和自己對話，他不斷的以詩句紀錄下一個人「遇到自己、別過自己、以至於抵達自己」的心路。收錄在詩集《第三類接觸》裡的八十多首詩，時光、河流、波紋、影子，它們似箭、如梭、似水、如流，回憶與真實、樂音與美，在時空與行旅的虛實中對鏡，它們好像都曾是我們、屬於我們，又都不是我們、不屬於我們，這飽含人生的觀照與旅次中的哲思，超越辯證，彷彿一枚枚超感的導體，連結起我們的去來今。

　　──夏子・加州費利蒙（詩人、網路文藝編輯人，生活藝術家）

國家圖書館出版品預行編目（CIP）資料

第三類接觸 / 張堃著 . -- 初版 . -- 新北市：
　斑馬線出版社 , 2022.05
　　面；　公分

ISBN 978-626-95412-1-8（平裝）

863.51　　　　　　　　　　　　　110020176

創世紀詩叢 06

第三類接觸

作　　者：張　堃
總 編 輯：施榮華
封面設計：吳箴言
封面美術諮詢：張靈曦、戴　寧

發 行 人：張仰賢
社　　長：許　赫
出 版 者：斑馬線文庫有限公司
法律顧問：林仟雯律師

斑馬線文庫
通訊地址：234 新北市永和區民光街 20 巷 7 號 1 樓
連絡電話：0922542983

製版印刷：龍虎電腦排版股份有限公司
出版日期：2022 年 5 月
ISBN：978-626-95412-1-8
定　　價：320 元